이렇게 될 줄 몰랐습니다

1판 1쇄 펴낸 날 2020년 5월 15일

글·그림 | 재수

편 집 | 안희주
경영지원 | 진달래
디 자 인 | 박대성

펴 낸 이 | 박경란
펴 낸 곳 | 심플라이프
등 록 | 제2011-00219호 (2011년 8월 8일)

주 소 | 경기도 파주시 광인사길 88 3층 302호 (문발동)
전 화 | 031-941-3887, 3880
팩 스 | 031-941-3667
이 메 일 | simplebooks@naver.com
블 로 그 | http://simplebooks.blog.me

© 박재수, 2020
ISBN 979-11-86757-58-1 03810

이 도서의 국립중앙도서관 출판예정도서목록(CIP)은 서지정보유통지원시스템 홈페이지
(http://seoji.nl.go.kr)와 국가자료종합목록 구축시스템(http://kolis-net.nl.go.kr)에서
이용하실 수 있습니다. (CIP제어번호 : CIP2020015353)

이렇게 될 줄 몰랐습니다

재수 글 · 그림

심플라이프

틈틈이 저희 가족의 일상을 그림으로 그려서 운영 중인
SNS 계정에 올렸습니다. 정기적으로 그려서 연재하는 것이
아닌데도 많은 분들이 좋아해주셨습니다. 무엇보다도,
우리가 그려진 그림을 아내가 무척 좋아했기에 계속해서
그릴 수 있었습니다. 그렇게 연습장에 들쭉날쭉 그려온 한
쪽 일상들이 차곡차곡 쌓여 일상의 두께가 되었습니다.
일상이라는 결을 가진 책의 옆면이 되었습니다.

저는 아내를 만나면서부터 사소함의 위대함과 당연함의
특별함을 알게 되었습니다. 이전에는 무심코 지나쳤던
사소하고 당연한 것들에 시선과 마음을 주게 되었습니다.
어쩌면 이런 변화의 생생한 흔적들이 그림 속에 흩어져
있을지도 모르겠습니다. 저희 부부의 사소하고 당연한 일상
이야기를 펼쳐주셔서 고맙습니다.

차례

4

이제는 다섯 식구 ─────────────────── **198**

5

재수 이야기 ─────────────────── **242**

1

우리가 만난 이야기

- 등장 인물 소개 -

- 재수
- 만화가.
- 특이사항: 트위터리안 (트위터 하는 사람)
  방구쟁이, 저질 체력.

Fan

- (결혼 전의) 대장님
- 직장인.
- 특이사항: 두산 베어스 팬,
  애묘인, 덕질 라이프.

- 쵸코
- (결혼 전) 대장님 댁의 반려묘.
- 특이사항 : 큼.

거짓말!

팬일지도?

팬이구나…

띠요잉

첫 만남

아내와의 첫 만남에 대해 이야기하려면 트위터
이야기부터 꺼내야 한다. 나는 2011년에 트위터를 처음
시작했다. 트위터는 신기한 곳이었다. 140자를 넘지
않는 글들이 쉴 새 없이 올라왔다. 유용한 정보, 통쾌한
일침, 기발한 생각, 섬세한 통찰, 온갖 헛소리와 불만들이
뒤범벅되어 몇 초마다 갱신되었다. 나는 주로 온갖 헛소리와
불만들을 올렸다. 처음부터 그런 건 아니었는데 어느새
그렇게 되어 있었다. 내 개인 계정은 어떻게든 인정받고 싶은
무명 만화가의 감정 쓰레기통이었다. 자면 잔다고, 일어나면
일어났다고, 밥을 먹으면 밥을 먹는다고, 방귀를 뀌면 방귀를
뀌었다고 트윗을 올렸다. 그런데 어느 순간부터 내 쓸모없는
헛소리들에 한 사람이 지속적으로 반응했다. 프로필 사진을
곰 인형으로 한 계정이었다. 그 곰 인형 계정은 블로그를
통해 내 만화를 알게 되었다며 내 팬이라고 했다. 나는 그게
그냥 의례적인 인사치레라고 생각했다.

작업실로 큰 박스가 배달되기 전까지는.

박스 안에는 간식거리가 가득했는데 마트에서 바로 배달된 것 같았다. 혹시나 해서 뒤져봤는데 편지나 엽서 같은 건 없었다. '감사는 필요 없으니 그냥 먹어라' 정도의 느낌을 받았다. 편지가 있었다면 좀 부담스러웠을지도 모르겠다.

얼마 뒤 같은 작업실을 쓰는 만화가들끼리 해오던 인터넷방송을 야외 방송 이벤트로 작은 강당에서 진행했다. 나는 혹시나 하는 마음으로 "얼마 전에 저한테 간식 보내주신 분 오셨나요?"라고 물었다. 앞쪽에 앉은 흰옷을 입은 여성분이 머뭇거리다가 손을 들었다.

예뻤다.

아차

싫어하는 것 10개

첫 만남 이후 내가 먼저 아내에게 계속 연락했다. 단둘이
만나서 카페에서 이런저런 얘기들을 즐겁게 나누었는데
나는 그것이 데이트라고 말만 하지 않았을 뿐 당연히
데이트라고 생각했고 아내는 그게 아니었다. 어느 날 밤,
버스정류장에서 헤어질 때 지금이 손잡을 타이밍이라고
생각한 나는 손을 잡아도 되냐고 물어봤다. 아내는 한
치의 망설임도 없이 "아뇨? 손을 왜 잡아요?"라고 말했다.
쭈글이가 된 나는 "어어? 왜, 왜지…, 왜 안 돼요…" 하면서
구시렁거렸던 기억이 난다. 아내는 아내대로 나를 좋아하는
작가로만 대했기 때문에 그때 많이 당황했다고 한다. 당시
아내는 그냥 덕질 중이었던 것이다! 그렇게 그날은 각자
당황하며 헤어졌다.

다행히 다음 만남이 이루어졌고, 나는 그날 카페에서
즉흥적으로 아내에게 연습장 종이 한 장과 볼펜을 슥
건넸다.

"여기 왼쪽에 좋아하는 것 10개랑 오른쪽에 싫어하는 것

10개 적어봐요."

아내는 심리테스트 같은 것인 줄 알고 정말 열심히 고민하면서 하나하나 적어 내려갔다. 종이에 머리를 떨구고 열심히 적고 있는 아내의 정수리를 보면서 너무 귀엽다고 생각했다. 이렇게 귀여운 사람과 앞으로도 쭉 그냥 아는 사이로 지내면 너무 괴로울 것 같았다. 사귀던지, 아예 안 보던지 결정을 해야겠다고 마음을 먹었다. 한참 뒤 아내는 종이를 다 채우고 뿌듯한 표정으로 나에게 종이를 건넸다. 나는 적힌 내용을 하나하나 유심히 읽은 뒤 심리테스트 결과를 기다리던 아내에게 말했다.

"여기 싫다고 적은 10개는 앞으로 절대 안 할 테니까 나랑 사귈래요?"

집중하는 정수리

망설임이 없는 스타일

빠져버림

쵸코라는 고양이

아내와 연애를 시작하고 나서 아내는 함께 지내는 고양이 '쵸코'의 사진을 내게 보내기 시작했다.

당시의 나는 고양이를 무서워하는 쪽에 가까웠다. 반려동물과 살아본 경험이 한 번도 없었기 때문에 동물과 교감하며 생활한다는 것이 신기하기도 했거니와 그 대상이 내가 무서워하는 고양이라니.

나는 호기심이 발동해서 쵸코를 통해 고양이에 대한 것을 아내에게 많이 물어봤다. 고양이의 동공은 언제 확장하는지, 궁디팡팡은 왜 하는 건지, 그릉그릉 소리는 왜 내는 건지, 몸은 왜 뒤집는 건지, 젤리가 뭔지, 헤어볼이 뭔지, 우다다는 뭔지, 식빵을 왜 굽는지, 허피스가 뭔지, TNR이 뭔지, 고양이한테 왜 고등어라고 부르는지, 턱시도며 치즈는 뭐고 맛동산은 또 뭔지…. 궁금한 것이 점점 많아졌다. 그렇게 관심이 생기고 나니까 아내가 보내주는 쵸코의 사진과 동영상만으로는 만족할 수 없게 되었고 어느덧 틈만 나면 고양이 동영상을 찾아보며

히죽거리는 사람이 되어버렸다.

그렇게 고양이를 조금 알게 된 뒤, 지금껏 아내에게 받은 쵸코의 사진과 동영상들을 보니 쵸코는 뭔가 좀 달랐다. 뭐랄까…, 고양이라고 하기엔 더 큰 종 같았다. 예를 들면 삵이라든지…. 덩치나 신체의 구성이 고양이의 것이 아닌 것 같아서 어느 날 아내에게 조심스레 물었다.

"쵸코…, 고양이 맞지?"

아내는 자랑스럽게 대답했다.

"수의사 선생님도 오빠랑 똑같이 물어보더라. 잘 키워서 그런 것 같대."

나중에 실제로 쵸코와 처음 대면했을 때 연예인을 본 것처럼 입을 다물지 못했던 기억이 난다. 쵸코는 진짜 큰 고양이였다. 그래서 진짜 예뻤다.

아내와 쵸코 덕분에 고양이에 대한 나의 편견을 몽땅 걷어낼 수 있었고 길고양들에게도 점점 관심이 생겨났다. 고양이를 통해 나보다 약한 존재의 입장이 되어보는 상상도 쉽게 이루어졌다. 그렇게 시야가 넓어지니 생각도 이전보다 넓어지고 섬세해지는 것이 느껴졌다.

이 모든 게 사랑을 통해 이루어졌다는 것이 아직도

신기하다. 사랑은, 사랑하는 대상이 속한 세계를 함께
끌어안는 것이기에 사랑을 하면 세계관이 급격히 확장되는
것 같다. 고양이를 좋아하게 된 이후로, 나의 잘못된
편견으로 인해 고양이를 무서워했던 것처럼 또 다른 편견이
나의 확장을 가로막고 있지는 않은지 자주 점검하게 된다.

쿄

데이트 코스

내가 이럴 줄은

첫인상이라기보다 헛인상

아내는 나를 처음 봤을 때 두꺼운 팔뚝과 허벅지가
딱 자기 취향이라서 좋았다고 했다. 하지만 나는 근육
모양으로 살이 쪘을 뿐 실제로는 하루 종일 책상 앞에 앉아
있는 운동부족형 인간이었다.

나의 허약함은 금방 들통났다.

아내는 걸으면서 이야기하는 것을 좋아했기에 나와
데이트할 때면 걷기 좋은 장소에 가고 싶어 했다. 나는
걷는 것이 좋다고 말했지만 15분도 채 되지 않아 골반이
아파져오고 다리가 질질 끌렸다. 잘 걷다가 자꾸 앉아서
쉬자고 하는 쪽은 언제나 나였다. 어떤 날은 걷다가 도저히
안 되겠다 싶어서 버스를 타고 가자고 말했다. 버스를 타고
이동하는 그 짧은 시간 동안 머리를 막 뒤로 젖히며 졸았다.

이대로는 안 되겠다 싶어서 10년 동안 피우던 담배를
끊었고 불규칙하던 수면시간을 바로잡기 시작했다.
아내를 너무 좋아했기 때문에 바꾸기 시작한 것들이 결국
나를 위한 것들이었다. 몸과 마음이 점점 건강해졌고,

건강해지고 나니 그동안 내가 나를 너무 돌보지 못한 것 같아서 나에게 미안하기까지 했다. 강하게 생긴 첫인상에 비해 터무니없이 허약했던 나를 보고 실망하지 않았냐고 물어보면 아내는 이미 좋아져 버렸으니 어쩔 수 없었다고 대답하곤 한다.

마음이 이김

우리가 만난 이야기

데이트

아내와 연애를 시작한 뒤로는 여유롭게 주말에
끝마치던 일을 늦어도 금요일까지는 모두 끝내야만 했다.
주말은 이제 더 이상 일을 하는 날이 아니라 데이트를
하는 날이었다. 둘 다 집에 틀어박혀 있는 것을 좋아하고
그렇게 살아왔기에 오히려 함께 가볼 수 있는 곳이
많았다. 혼자라면 절대 가지 않았을 곳들을 주말마다 도장
격파하듯이 찾아다녔다. 솔로였을 땐 몰랐던 좋은 장소들이
왜 그렇게나 많은지…. '데이트 명소'는 팔자에 없는 검색
키워드인 줄만 알았는데…. 우리는 주말마다 방방 뜬
기분으로 데이트 명소를 하나씩 클리어했다. 둘 다 불과
얼마 전까지만 해도 솔로였기에 근사한 데이트 명소에
갈 때마다 "솔로들은 뭐 어쩌라는 거야!"라며 지난 솔로
세월에 대한 예의를 갖추는 것을 잊지 않았다.

데이트 못 하는 주말 ①

뿡뿡이

뿡뿡이를 타고

책 작업과 웹툰 연재, 이모티콘 작업 등을 한꺼번에
진행하게 되어서 한동안 외출이 불가능한 시기가 있었다.
다행히 아내가 차를 몰기 시작하면서부터(아내는 자신의 차를
뿡뿡이라고 부른다) 이전보다는 자주 만날 수 있었다. 주로
아내가 내가 사는 곳까지 뿡뿡이를 몰고 와서 만났다가
다시 돌아가는 데이트를 반복했다.

문제는 나의 히스테리였다. 나는 작업할 때 지나치게
예민해지는데(지금도…) 며칠 내내 그런 상태로 지내다
보니 아내와 만날 때도 신경질적인 반응이 나도 모르게
툭툭 튀어나왔다. 그러거나 말거나 아내는 뿡뿡이에 나를
태우고 여기저기 돌아다녔다. 영화를 보러 가거나 예쁜
카페에 가거나 맛있는 것을 먹으러 갔다. 작업만 하다가
몸과 정신에 독이 가득 찰 때쯤 아내가 뿡뿡이를 타고
나타나서는 이런 식으로 기분전환을 시켜주었다. 덕분에
최상의 상태로 쌓인 일들을 하나씩 하나씩 제대로 마무리
지을 수 있었다.

이 시기를 넘기고 나니 아내와 함께 큰 산을 넘은 듯한 기분이 들었다. 함께 뿡뿡이를 타고서 말이다. 그다음 산도 아내와 함께라면 넘어볼 만하겠다 싶었다.

서로가 나아지도록

아내와 연애를 하면서 나의 못난 부분들을 확실히 알게
되었다.

나는 툭하면 아내를 가르치려 들었다. 술이 몇 잔
들어가면 점점 더 심해졌는데 조금이라도 관심 있는 얘기가
나오면 아는 것을 총동원해 침을 튀겨가며 말했다(실제로
많이 튀어서 아내가 중간중간 티슈로 얼굴을 닦았던 기억이 난다).
아내는 연애 초반에는 이런 나의 꼰대 기질을 온화한
미소로 받아주다가 슬슬 언짢은 기분을 표현하기 시작했다.
귀엽고 동글동글한 얼굴 미간에 내 천(川) 자가 새겨진다는
것은 내 얘기가 재미없고 지루하다는 신호였다. 다행히 그
정도를 캐치할 눈치는 있어서 방금 내 말의 어떤 부분이
별로였는지 다시 묻고 점검했다.

한동안 아내의 내 천(川) 반응은 내게 일종의 펌웨어
업데이트 신호와 같았다. 수없이 많은 업데이트를 지나
이제는 나도 가끔 아내의 언행에서 오류를 발견하면 신호를
보낼 수 있게 되었다. 그렇게 서로의 의견을 존중하며

대화를 나누다가 생각의 다른 지점들을 발견하면 매번 신기해하곤 한다. 이런 식으로 앞으로도 계속 알아내고 싶다. 서로가 서로의 다른 점을 깊이 이해할 때 더 나은 사람이 될 것이라 믿는다.

화장실 세계관이 다름

우리가 만난 이야기

화장실

내가 화장실에 간다는 것은 블랙홀 근처에 다녀오는
것과 비슷하다. 나는 분명 시간이 별로 걸리지 않았다고
생각하는데 나와 보면 시간이 훌쩍 지나가 있다. 심지어
예민한 기질 탓에 장 트러블도 잦아서 하루에도 몇 번씩
화장실을 들락거린다. 이런 개인적인 문제 때문에 아내는
데이트 코스를 짤 때도 항상 화장실 편의를 고려한다.
언젠가 아내가 나의 인생을 통틀어 화장실에서 낭비한
시간을 모두 작품을 구상하는 데 썼다면 어떻게 되었을지
한번 생각해보라고 말한 적이 있다.

그건…, 기저귀를 쓰라는 말이었을까?

계산

계산대 앞에서 드는 생각

대학교 졸업 이후 나는 '무엇을 하든 그림을 그려서 돈을 벌겠다'는 신념을 확실히 지켰을 뿐인데 어쩐지 확실히 가난해져 버렸다. 아내와 데이트할 때면 어쩔 수 없이 드러나는 나의 가난이 너무나 초라하게 느껴졌다. 내가 재정적인 문제로 풀이 죽어 있을 때면 아내는 "돈은 벌면 되는 것이지만 나의 만화와 그림과 기발함은 쉽게 가질 수 없는 것"이라며 항상 나를 북돋아주었다. 데이트 비용을 내는 것에 대해 장난으로라도 생색을 낸 적이 한 번도 없었다. 돈은 있는 사람이 내면 되는 거라며 오히려 자기가 낼 수 있게 해줘서 좋다고 했다. 이런 아내와 함께 있으면 언제나 든든했다. 다행히도 나의 재정적인 상황은 점점 나아졌다. 덕분에 '무엇을 하든 그림을 그려서 돈을 벌겠다'는 신념을 지금까지는 잘 지키고 있다. 예전과 달라진 점이 있다면 이젠 내가 주로 데이트 비용을 낸다는 것. 계산대 앞에서 카드를 꺼낼 때마다 연애 시절 아내가 밥을 사주던 것이 생각난다. 앞으로도 계속 생각날 것이다.

그 순간 ①

그때 나는 약속 장소에
일찍 도착해있었다.

저 멀리 육교가 하나 보였는데
사람들이 작은 점들처럼 보일만큼
먼 거리였다.

그 많은 점들 사이에서
어느 작은 점 하나에 시선이 갔다.

왜냐면 그 긴 육교를 건너고
내가 있는 방향으로 다가오는 동안
한번도 쉬지않고 계속 달리고
있었기 때문이었다.

그 순간 ③

'와, 정말 쉬지도않고 달리네.
무슨 중요한 일이 있나보다.'
나는 이렇게 생각하며 그 점을
은근히 응원하는 마음이 되었던것 같다.

그 순간 ⑤

그 점의 얼굴이 보일만큼 거리가
가까워졌을 때에야 비로소
그 곳에서 만나기로 한 사람이라는
것을 알아차렸다.

그 순간 ⑦

그렇게 그 사람은
활짝 웃는 얼굴로 달려와
그대로 내 품에 안겼다.
나 역시 속수무책으로
활짝 웃는 얼굴이 되어버렸다.

그 눈가 생각했다.

내가 만약 결혼을 하게 된다면
이 사람과 해야겠다고.

"나랑 결혼하고 싶다는 생각을 처음 한 게 언제였어?"

다짜고짜 아내에게 물어보자 짧고 명료한 답이 돌아온다.

"크리스마스이브, 광화문 카페베네에서."

그날은 우리가 사귄 지 100일째 되는 날이었다.

당시 상황이 열악했던 나는 선물을 살 돈이 없어서
거대한 쵸코(아내와 함께 살던 고양이)의 등에 올라탄 조그만
아내를 수채화로 그린 크리스마스카드를 건넸다. 중요한
기념일 선물을 그림으로 때워서 미안스러운 마음이었는데
그것을 받은 아내는 너무 좋아하다가 코가 빨개지더니
눈물을 뚝뚝 흘렸다. 처음 보는 아내의 눈물이었다.
아내의 그런 반응에 당황하고 또 다행스러워했던 것이
기억난다. 그때 우리는 그 카페에서 네 시간 정도 쉴 새 없이
이야기했다. 아내는 그때 나와의 대화가 한순간도 지루하지
않았다고 했다. 그래서 그때, 어쩌면 이 사람과 결혼해도
괜찮겠다고 처음으로 생각했다고 한다.

손을 꼭 잡고

연애 시절. 아내와 삼척에 있는 환선굴로 데이트를 갔을 때였다. 환선굴 입구에서 아내가 말했다.

"여기 들어가서 나올 때까지 손을 안 놓치고 잘 잡고 있으면 평생 함께 행복하게 살 수 있대."

출처가 불분명한 말이었으나 출처가 중요한 게 아니었다. 아내가 그렇게 생각하고 있다는 것이 중요했다. 당시 아내의 말이 나에게 어떻게 들렸는가 하면 '우리는 지금 연인 사이지만 앞으로는 부부 사이로 발전할 가능성이 있습니다. 이 가능성에 동의하시겠습니까?'로 들렸다. 이어 '동의합니다'와 '동의하지 않습니다' 두 개의 공란이 선연히 보이는 것만 같았다. 환선굴 입구에 진입하기 직전, 나는 아내와 마주 보며 손을 꼭 잡았다. 아내도 나처럼 '동의합니다'에 체크했다는 게 느껴졌다. 출처가 불분명한 미신 앞에서 우리는 우리가 만든 시험을 통과하기 위해 결의를 다지며 마치 짠 것처럼 동시에 말했다.

"꼭 잡아, 놓치면 안 돼."

입장 후 장애물이나 방해 같은 것은 없었다. 우리는 손을
잡고 천천히 30~40분가량 굴 내부를 둘러보고 나왔다. 그때
그 데이트를 떠올릴 때마다 환선굴의 웅장하고 신비로운
분위기와 서로 손을 놓지 않으려고 애썼던 당시의 긴장감이
함께 생각난다. 환선굴 데이트에 대한 이 기억은 우리
결혼의 상징이 되어가는 중이다.

상견례에서 신혼여행까지

1년 정도의 웹툰 주간 연재를 끝내고 나니 결혼식을 올린 지 두 달이 지나 있었다. 우리는 두 달 늦게 싱가포르로 신혼여행을 떠났다(아내는 장 트러블러인 나를 위해 화장실 환경이 가장 쾌적한 나라로 신혼여행지를 골랐다).

연애 시절부터 아내가 데이트 일정을 거의 모두 짰고 나는 그냥 졸졸 따라다녔는데 상견례, 결혼식, 신혼여행까지도 그렇게 되어버렸다. 이 일을 두고두고 미안해하는 나에게 아내는 그래서 오히려 좋았다고 한다. 내가 뭔가를 의욕적으로 하려고 할 때마다 자신의 계획이 자꾸 틀어져서 기분이 매우 언짢았다는 것이다. 나의 미안함을 덜어주려고 일부러 저렇게 말하는 건가 싶다가도 아내가 빈말하는 성격이 아니라는 걸 알기에 미안함이 아니라 감사함으로 마음을 고쳐먹는다. 감사함으로 마음을 고쳐먹었다고 아내에게 말했더니 감사함이 아니라 사랑함으로 마음을 고쳐먹으라고 한다. 고개를 주억거리며 마음을 두 번 고쳐먹는다.

2

결혼하자마자 네 식구

- 등장 인물 소개 -

- 재수
- 만화가, 이모티콘 작가.
- 특이사항: 방구쟁이, 장롱 면허,
  초보검사, 자꾸 뭔가를 그림.

(부부)

- 대장님
- 1인2묘의 보호자.
- 특이사항: 걱정적, 배고프면 난폭해짐.
  신상공개는 싫어하지만
  그려지는 것은 좋아함.

NEW!

- 잉크
- 수컷, 길에서 구조됨.
- 특이사항: 슈퍼 겁쟁이, 뚱뚱보,
  왼쪽 귀에 TNR 표식.

(남매)

NEW!

- 미미
- 암컷, 길에서 구조됨.
- 특이사항: 예민 보스, 왼쪽 다리 불편,
  왼쪽 귀에 TNR 표식.

작은 변화

얘는 작고
예쁘니까 '미미',

얘는 까만색이니까
'잉크'라고 이름짓자.

미미야, 잉크야,
앞으로 잘 지내보자~

어떤 고양이들 ⑧

(6개월 뒤)

(1년뒤 어느날)

결혼하자마자 네 식구

↑ 　　 ↑
미미　　잉크

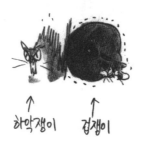

↑ 　　 ↑
하악쟁이　　겁쟁이

잉크

결혼하자마자 네 식구

젤리의 감촉

엿다

미미

미미의 다리

미미는 왼쪽
앞다리가 불편하다.

그래서인지 유난히
예민한 상태일 때가
많은 것 같다.

미미, 아빠잖아~

하얼ㅇ악

1	2
3	4

길에서 살았을 때
미미에게 어떤 일들이
있었는지 나는 알 수 없다.

아빠
맞지?

킁 킁

그저 길에서 받은
상처가 잘 아물기를
바란다.

그릉
그릉

오늘 하루
어땠어?

시간이 오래
걸리더라.

미미야~

결혼하자마자 네 식구

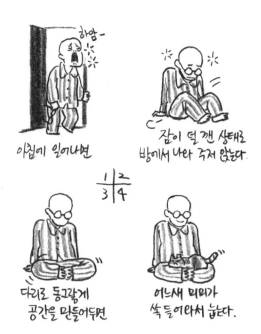

하암-

아침에 일어나면

잠이 덜 깬 상태로
방에서 나와 주저 앉는다.

$\frac{1}{3}\frac{2}{4}$

다리로 둥그랗게
공간을 만들어두면

어느새 미미가
쏙 들어와서 눕는다.

다 가냐?

고양이는 정말 모르다가도 모르겠는 것

지난 9개월 동안
나는 미미를, 아내는 잉크를
유난히 예뻐했는데

그 결과
잉크는 나를, 미미는 아내를
더 좋아하게 되었다...

리액션 차이

물내림 버튼

세 마리

빨래를 개다 보면

철카
철카

새로 산 검은 티셔츠 입어야ㅈ

꼬리펑

간식

어째서???

시간을 더해 줄어든 거리

3

대장님, 나의 대장님

나의 대장님 ①

(첫만남)

(연애후)

대장님

언제부턴가 그림 속에서 아내를 지칭할 때
'대장님'이라고 쓰게 되었다.

실제로 일상에서 "대장님"이라고 호칭하지는 않는다.
그냥 언제부턴가 내 마음속에서 그렇게 되었다.

아내는 현실적이고 직설적이고 단호하고 적극적이고
밝은 사람이다. 나는 조목조목 아내와 반대의 성향을
가졌다. 전체적으로 아내가 더 건강한 방향이고, 나는
건강한 삶을 지향하기에 대체적으로 아내를 따르고 있다.
그러한 부분이 그림 속에서 '대장님'이라는 지칭으로
선명하게 드러나게 된 게 아닐까?

연애 기간 동안에도 대장 끼(?)를 충분히 느낄 수 있었다.
자주 데이트를 하기 위해 차를 산다거나(차를 사다니!), 연애
고자였던 나의 엉망진창 매너와 언어생활을 하나하나
바로잡아준다거나(사람을 고쳐 쓰다니!), 데이트 비용을
스스럼없이 다 낸다거나(내가 먼저 내려고 했는데!), 박력
있게 결혼 이야기를 먼저 꺼낸다거나(내가 먼저 이야기하려고

했는데!). 아내는 대부분의 상황을 리드했고 나는 리드당하는 것에 든든함을 느껴왔던 것 같다. 종종 장난삼아 "나 버릇 잘못 들면 어쩌려고 혼자 이렇게 다 해버리는 거야?"라고 물어보면 아내는 이렇게 대답하곤 한다.

"나 없이 못 살게 만드는 중이야."

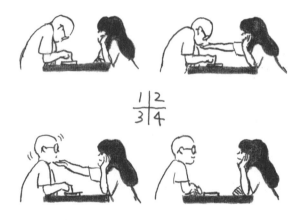

팔짱

효과 만점

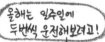

갑자기 훅 들어오는 질문

사교성

아내와 나는 둘 다 사교성이 좋은 편이 아니다.

그중에서도 우열을 가리자면 내가 더 안 좋은 편이다.
예민하고 감정의 기복이 커서 사람들을 자주 만나면 못난
감정이 많이 생긴다. 예전에는 '나라는 놈은 왜 이런 걸까?'
하며 자책을 숨 쉬듯 했었는데 아내를 만나고 나서부터는
그런 나를 인정하고 나부터 돌보게 되었다. 사람들을
만나는 외부 활동을 최대한 줄이고 아내와 함께하는 시간,
작업에 전념하는 시간을 늘렸다. 그렇게 했더니 나를
깎아내리는 소모적인 번뇌는 줄어들고 건강하고 생산적인
생각이 늘었다.

내 자리야

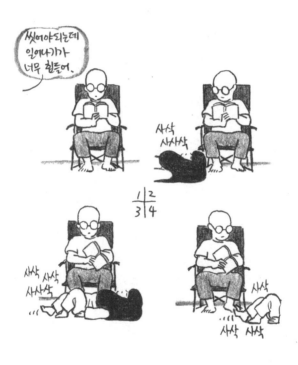

아침의 정의

아이스 아메리카노

기분 풀어내

중간이 없어

  아내의 기분은 중간이 없다.

  대부분 기분이 아주 좋은 상태이다. 가끔 기분이 안 좋아지는 것은 주로 나 때문인데 작업이 잘되지 않아서, 마감에 쫓겨서, 게으름 부리며 작업을 안 한 것에 대한 자괴감 등등, 해결하지 못한 일들 때문에 아내에게 히스테리를 부리는 것이다. 그럴 때마다 밝았던 아내는 어두워진다. 그 변화의 폭이 아주 크기에 낌새를 차리자마자 나의 잘못을 디테일하게 브리핑하며 사과한다. 아내는 항상 좋은 기분으로 나에게 좋은 영향을 주는데 나는 종종 안 좋은 기분을 아내에게 전염시키곤 한다. 이건 분명 나의 잘못이다. 나의 일 때문에 안 좋아진 기분 또한 내가 알아서 해결해야 할 업무이다.

고마워

135

여드름

상상력

모기

그거랑 그거랑 달라

격렬

자주 당하는 공격(아무 이유 없음)

우리 집 아이돌

그녀의 춤

이상한 춤과 노래

아내는 집에서 아주 기분이 좋으면 처음 듣는 이상한
노래를 부르거나 처음 보는 이상한 춤을 추거나 이 두
가지를 동시에 한다. 그게 너무 재미있어서 열광했는데
내가 조금이라도 관찰자의 입장을 취하면 바로 멈춘다.
그렇게 하면 더 이상 볼 수 없다는 것을 알게 된 이후로는
그냥 조용히 옆눈으로 흘끔거리며 속으로만 열광한다. 한
번 더 해달라고 떼를 써도 소용이 없다. 다행히도 아내의 그
이상한 노래와 춤을 조금 더 오래 감상할 수 있는 방법을
최근 알게 되었다. 같이 하는 것이다. 더 열정적으로.

감동할 뻔

세상 진지

우문즉답

남긴 줄

제가 생각이 짧았습니다

짱구와 피망

안 통함

한입만
눈빛

나보다 약한 존재가 되어보는 상상

도움

그때는 맞고 지금은 틀리다

솔직한 스타일

말하는 그대로 듣는다는 것

연애 기간 동안 쓸데없는 오해와 다툼의 원인은 대부분 '말하는 그대로' 듣지 않았던 나의 대화 방식 때문이었다. 여기에는 크게 두 가지 요소가 작용했다. 언어생활과 연애 공식.

1. 언어생활

아내를 만나기 전까지 나의 언어생활은 있는 것을 곧이곧대로 말하는 것을 식상하고 뻔한 표현이라고 여겼다. 비틀거나 돌려 말하는 식의 표현에 더 흥미를 느꼈는데 익살을 추구했지만 어설픈 위악에 가까웠던 것 같다. 상처받을까 봐 진심을 감추고 농담으로 기피하곤 했고, 그 농담 속에는 나도 모르는 사이 조롱과 비난과 편견이 가득 차 있었다. 그렇게 유해한 헛소리만 해대다 보니 진심을 표현하거나 받아들이는 것에도 서툴렀다. 그래서인지 연애 초반에는 아내에게 이런 말들을 많이 들었다.

"또 나쁜 말 한다."

"나한테 왜 그렇게 얘기해? 친구한테 막 얘기하는 것 같아. 우리는 사귀는 사이야."

"그런 건 친구들끼리 농담할 때나 얘기하는 거야."

"친구 사이라도 그렇게 얘기하면 안 돼."

나의 언어생활이 교정되지 않고 쭉 이어졌다면 지금쯤 어떤 상태가 되었을까? 잠깐 생각해봤는데 아찔하다. 나의 나쁜 말버릇을 감당하며 예의와 매너로 교정해준 아내에게 존경과 감사를 표한다.

2. 연애 공식

'남자는 이럴 때 이렇게 해야 하고, 여자는 이럴 때 이렇게 해야 한다'라든지 '남자의 언어가 있고 여자의 언어가 있다'는, 연인 사이에 통용되는 불문율 같은 공식이 있는 듯하다. 이것은 주변 지인들의 조언으로 인해 알게 되는 경우가 많은데 아내의 경우, 이런 종류의 모든 조언이 실패했고 오히려 상황을 더 악화시켰다. 한번은 아내가 이런 말을 한 적이 있다.

"나는 밀당을 싫어해. 내가 말하는 것을 있는 그대로 들어줘."

아내는 항상 진심을 말했고 나는 그걸 그대로 받아들이면 되는 간단한 문제였는데 당시의 나는 그게 힘들었나 보다. 다들 연애를 이렇게 한다던데 내가 그 불문율 같은 공식을 손에서 놓아버리면 아내가 떠날까 봐 불안했던 것이다. 아내의 "No"가 "Yes"이면 어쩌지… 아내의 "Yes"가 "No"이면 어쩌지… 이런 불안을 넘어서려면 내 나름의 큰 용기와 결단이 필요했다. 그 어떤 연애 공식도 믿지 않고 아내가 하는 말을 그대로 듣고 또 믿는 것. 실제로 그렇게 한 이후, 우리의 오해와 다툼은 크게 줄어들었다.

연애 공식을 버리고 나니 우리의 진짜 연애가 시작되었다.

예언자

이게 아닌데

최고의 조력자

저기요

지랄머리 ①

지랄머리 ②

으아악

진짠데

과한 추천은 작품에 해롭습니다

오타쿠 지망생

내 안의 갑질러

두통약

오, 사랑

예전에 한 소개팅 프로그램을 봤는데 누가 봐도 한 쪽이 정말 치열하게 구애한 끝에 성사된 커플이 있었어. 근데 그 옆에 유난한 노력 없이 너무 자연스럽게 성사된 커플이 있더라고. 난 그 장면이 대조적이라 인상깊어서 아직도 생생해

아는 동생
(NURIO 작가)

아, 그거?

다 짝이 있는 거겠죠?

없을 수도 있지. 근데 있을 거라고 믿으면 자기만의 꽃밭을 잘 일구는데 도움이 되지 않을까?

있어, 있어. 난 독신주의였어

꽃밭을 일구는 사람

루시드폴의 〈오, 사랑〉이라는 곡의 노랫말 중에 이런
부분이 있다.

만 리 넘어 멀리 있는 그대가 볼 수 없어도 나는 꽃밭을
일구네.

이 부분이 입에 붙어서 한동안 주문처럼 중얼거리며
다녔다. 왜 그랬는지는 모르겠다. 그냥 한참을 따라 부르다
보니 문득 이 노랫말은 앞으로 나를 지속적으로 도와줄 것
같다는 생각이 들었다. 외로움을 많이 타던 나에게 외로움과
대면할 때마다 되새기는 생산적이고 정갈한 지침이 되었다.
매 순간 누군가를 의식해서 나를 꾸미려 했던 떠들썩한
시간이 있었지만 이 노랫말을 품고 다닌 이후로는 나를
위해서 나를 일구어내는 조용한 시간을 추구하게 되었다.
읊조리기만 해도 더 나은 사람이 되는 마법 같은 노랫말을
써주신 폴님께 감사의 인사가 닿기를 바란다.

아내는 나를 만나기 이전부터 꾸준히 길고양이들을
돌보고 만화, 게임, 드라마, 소설 등등 여러 분야의 창작물을
열성적으로 즐기고 또 소비했다. 특히 만화를 좋아했기에
그리 대중적이지 않은 내 예전 작품들을 인상적으로 본
뒤 내 SNS 계정을 찾아내 팔로우하고 나에 대한 덕질을
시작했다(이제는 입장이 바뀌어 내가 아내 덕질을 하느라 이런 글과
그림들을 쓰고 그리는 중이다). 어쩌면 이러한 것들이 아내가
일구던 아내만의 꽃밭이었을지도 모르겠다는 생각을
해본다. 그렇게 나의 꽃밭과 아내의 꽃밭의 접점이 생겼고
꽃밭 주인들의 교류가 시작되면서부터 서로의 꽃밭은
서로의 방향으로 계속해서 확장하는 중이다.

길에서 헤어질 때

4

이제는 다섯 식구

- 등장 인물 소개 -

뿌부
{ ↑직원

- 재수
- 만화가, 이모티콘 작가.
- 특이사항: 방구쟁이, 장롱면허,
  예민보스, 악몽을 잘 꿈, 공상 담당.

- 대장님
- 1인 3묘의 보호자
- 특이사항: 접구석 댄서, 게이머,
  푸드파이터, 오너 드라이버,
  이모티콘 제작 파트너, 현실담당.

남매
{

- 잉크
- 첫째, 아들.
- 특이사항: 애교쟁이, 예쁜 목소리,
  오른쪽 귀 지방종 수술, 밥만 되면
  뛰어다님.

- 미미
- 둘째, 딸.
- 특이사항: 질투쟁이, 신발 냄새 좋아함,
  예민보스, 하악쟁이,
  입이 짧음, 밥만 되면 뛰어다님.

NEW

- 꿀이
- 셋째, 딸. 고가 도로에서 구조됨.
- 특이사항: 큰 목청, 장난 꾸러기, 항상 장난감
  옆에 앉아있음, 밥만 되면 뛰어다님.

어느 날 ②

새끼 고양이가
그 틈에 웅크리고
있었다.
위험한 상황이었다.
일단 다음 신호에
구하기로 하고 다시
인도로 건너왔다.

다행히
집 앞 도로였고
한바탕 구조가
이루어졌다.

도로변이라 포획했다.

(끝이) 없는 대화

밤에 조용해진 꿀이

뒤통수가 타는 느낌

1시간 째

큰일 났습니다

요염

문을 열고 잔다는 것

고양이와 함께 잠드는 로망을 위해
한동안 안방 문을 열고 잤으나...

불만 끄면 시끄러워져서
수면부족에 시달리게 되었다.

　　이제는 다섯 식구

계속되는 수면부족으로
안방문을 닫고 자기로 했다.

...실패.

목청이
커서
구조된
아이

꿀이가 꿈에 미치는 영향

아무것도 몰라요

꿀이 첫인상

다 뷰셔버려

3주뒤 인상

좋았는데

손바닥으로 듣기

한동안 이렇게 자람

왜지 서운

미미의 불만

씻을게

쿵쿵 쿵쿵 ← 내 발

이제는 다섯 식구

우등생

찰칵 찰칵

(결과물들)

행거 빌런

말하자마자

고양이 확대범

실화

꿀이 우산쳐

찌각

찌각

(만족)

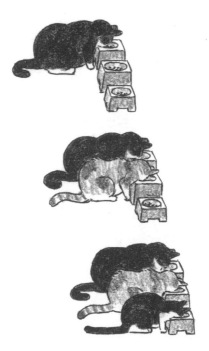

잉크 근황

잉크의 오른쪽 귀에 비만세포종이
생겨서 수술하는 바람에 귀가
두쪽 다 이런 모양이 되었다.

그런 듯

　이제는 다섯 식구

5

재수 이야기

혼자 있을 때

배려심 넘치는 스타일

(10분 경과)

충전

20%

50%

(11시)

DNA

마감과 악몽

아오, 이거 그릴 시간에

2시간 경과

아오, 저시간에
영화 한편 볼걸...

아오, 저 시간에
사놓은 책 읽을걸...

아오, 저시간에
운동이나 다녀올걸...

쾅

쾅

쾅

자책할 시간에
잠이라도
자둘걸...

ㅋ

재수 이야기

-아내를 만나기 전-

-아내를 만난 후-

보이지 않았던 것

지금껏 내가 놓친 예쁨들이 어딘가에 꼭꼭 잘 숨어 있다가 한꺼번에 우르르 나타난다.

아내와 함께 있으면 그런 기분이 된다.

'똘망똘망 다람이'의 탄생

귀여움이 다 이긴다

　이 이모티콘 캐릭터는 이렇게 탄생했다.

　처음에 아내가 티슈에 초안을 그려줬고 내가 다듬었다.
만드는 동안 내가 왜 이런 걸 만들어야 하는지 투덜거리며
못마땅해했던 기억이 난다. 당시의 나는 귀여운 것을
그린다는 것에 대한 강한 거부감이 있었는데 아내가
강렬히 원했기에 이번 한 번만 해보자는 식으로 만들었다.
이모티콘 출시 이후 별다른 홍보를 하지 않았는데도 내가
예전에 만든 캐릭터들보다 인기가 좋았다. 그때 내 심정은
'어째서? 왜??'였다. 도저히 납득할 수 없었지만 캐릭터가
인기를 얻으니 기분은 좋았다(…). 시간이 지날수록
기분이 계속 좋아져서 납득의 문제는 별로 중요하지
않게 되었다(…). 그때부터였던 것 같다. 아내의 의견에
자발적으로 복종하게 된 것은.

　'귀여움'에 대해 아내에게 많은 조언을 구했고
새겨들었다. "이게 왜 귀여워?"라고 물으면 "이게 귀여운
거야!"라는 학습이 반복되었다. 그렇게 배운 것들을

고스란히 그림에 반영했더니 더 많은 사람들의 반응을
얻을 수 있었고 결과적으로 더 즐겁게 그릴 수 있게 되었다.
이제는 내게도 귀여움에 반응하는 감각이 생긴 것인지
귀여운 것을 보면 아내와 함께 열광한다.

　돌이켜보면 애초에 귀여움이란 내가 납득하고 말고의
문제가 아니었던 것이다. 사소하기에 위대한 개념을 놓치고
살아왔던 것 같다. 귀여운 것을 보면 쉽게 행복해질 수 있다.
그것을 알게 해준 아내에게 고맙다.

10%의 자유

땡깡 부리기

미친 백팩맨

내가 나를

우선순위

기억력

아내는 기억력이 상당히 좋은 편이다.

그에 비해 나는 대부분의 경우 기억을 잘하지 못한다.

왜 그럴까 생각해보면 쉴 새 없이 메모하는 습관 때문인
것 같다(고 우겨본다). 순간순간 떠오르는 아이디어들을
메모하느라, 진행 중인 작업들을 체크하느라, 새로운
작업들을 구상하느라 나의 하루는 메모로 가득하다.
뭔가를 끊임없이 쓰고 그리는 일을 하다 보니 집중하고
있는 작업들에 대해서만 감각이 예민해져 있고 그 외
부분에서는 엉망이 되어버린 것이다(라고 우겨본다). 이것
때문에 많이 다투기도 했다. 생일을 까먹어서(심지어
내 생일도), 전화번호를 까먹어서(가끔 내 번호도). 아내의
전화번호를 까먹은 날이 생각난다. 까먹었다기보다는
외우지 않고 있다는 것을 들킨 것에 가깝겠지만. 아내는
그날 그냥 툭 "내 전화번호 뭐야?"라고 물었고 그로부터
처참한 며칠이 이어졌다. 이렇게 살면 안 되겠구나 깊이
깨우친 시간이었다. 무의식 속에서는 항상 내 작업이

최우선이었지만 이날 이후 내 삶을 건강하게 회복시켜준 아내가 최우선, 그다음이 나의 작업, 이렇게 내 무의식 속의 우선순위가 수정되었다.

졌다 ①

극한직업

미팅

유일한 직원이 하는 일들

아빠 왔다

6

함께
걷다

어디선가 나타난다

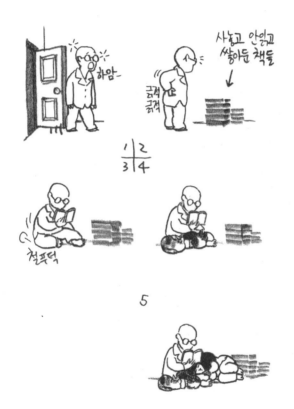

발 시려

결혼에 대한 환상

아내와 나는 각자가 진심으로 결혼을 못 할 거라고
생각하며 살아왔기 때문에 결혼에 대한 기대나 환상이 아예
없었다. 그래서 결혼을 준비하면서도, 결혼을 하고 나서도,
결혼에 대한 각자의 환상 때문에 생기는 마찰이 없었다.
가끔 우리가 만나지 못했다면 어떻게 되었을지 상상하며
대화를 나누곤 한다. 그럴 때마다 나는 엉망진창으로
살다가 길에서 객사했을 것이라 말하고, 아내는 화려한
싱글로 끝없이 연애를 하며 즐겁게 살았을 것이라고
말한다. 우리 둘 다 지금이 더 행복할 것임에는 일말의
의심이 없다. 다만 아내는 결혼으로 인해 더 큰 행복을
가지게 되었고, 나는 '더 큰 행복+제대로 사람 구실을 할 수
있는 삶'을 가지게 되었다. 결혼에 대한 환상은 없었지만
나에게만큼은 결혼은 환상적으로 좋은 일이다.

효자손 모드

헬리콥터 소리

나는 모르지만 사과해야 할 일

동기 부족

타코야키

삐죽

잘하면 되는 문제

망설임 없이 꾸밈없이

대부분의 대화에서 아내의 말에는 망설임이 없다.

그렇게 무심하게 던지는 아내의 말을 듣고 나는 자주 멈칫거린다. 왜 그런가 생각해보니 나는 그렇지 않아서다. 나는 대부분의 대화에서 말을 시작할 때 망설이는 편이다. 내 의견에 확신이 없기도 하고 내 대답으로 인해 내가 어떤 사람으로 보일지 신경을 많이 쓴다. 기왕이면 센스 있고 유머러스한 말을 하고 싶은 것도 한몫하는 것 같다. 이것을 아내에게 말했더니 "왜 웃기려고 해? 대화를 해야지"라는 즉답이 돌아온다. 그 묵직한 말의 타격감에 다시 휘청거린다. 그도 그런 것이 평소 아내는 나의 농담에 거의 웃지 않기 때문이다. 아내는 농담이 형편없거나, 웃기려는 속셈이 느껴지거나, 웃음을 억지로 유도하면 절대 웃지 않는다(나의 농담은 대부분 이 세 가지 안에 포함되는 것 같다. ㅜㅜ).

그동안 아내의 이러한 즉답에 상처를 많이 받기도 했다. 망설임 없이 뱉는 말에는 꾸밈이 없고, 꾸밈이 없다는 것은 진심에 가까운 말이기에 언제나 무게감이 있다. 주로 내

생각이 옳지 않겠냐는 식, 소위 말하는 '답정너' 화법으로
아내의 동의를 구할 때마다 예상 밖의 즉답들이 묵직하게
나를 때렸다. 초반에는 그것 때문에 상처받고 서운해하는
경우가 많았지만 시간이 지날수록 상처받을 일이 아니라
대화가 시작되어야 할 지점이라는 것을 알게 되었다.
그렇게 대화를 이어가 보면 아내의 생각은 항상 나보다
건강했다. '생각이 건강하면 말을 꾸밀 필요가 없겠구나.
그러면 말과 말 사이에 쓸모없는 망설임이 사라지겠구나.'
이런 생각에 이르자 아내의 즉답이 고마워졌다.

말을 꾸미기 시작하면 말속에 속셈이 있다는 것이고,
대화의 당사자들 중 한쪽이라도 그 속셈을 알아채면 말로써
끝없는 수 싸움이 시작된다. 그렇게 되면 속셈을 헤아리는
수 싸움에 정작 중요한 진심이 묻혀버리고 말 것이다.
나는 그런 화법에 오염되어 있었던 것 같다. 아내의 즉답에
상처받아오면서 그런 화법들을 조금씩 걷어낸 것이 아닐까
생각해본다.

왜 대답 안 해

내가 군대 4년 갔다 올 테니까 오빠가 평생 생리하는 걸로 바꿀래?

... 나 이제 민방위인데...

근데 같이 살아보니까 자긴 군대 체질인 것 같아. 가면 잘할 듯...

그치? 바꾸자니까?

생색맨

유퀴즈

잠들기 전

(게임 중)

↑
PS vita

↑
Nintendo
Switch

그래서 그렸습니다

익숙

질투해?

"오빠는 나보다 오빠를 더 사랑해."

어느 날 아내가 툭 던진 말이다.

"그래서 나를 질투해?"라고 내가 다시 물었고 아내는
그렇다고 했다. 이 짧은 장난스러운 대화가 재밌어서
자꾸 생각이 난다. 아내가 나를 사랑하는데 내가 나를 더
사랑하기 때문에 나를 질투하다니. 그렇다면 아내는 나를
사랑하면서 질투하는 건가?

그런데 다시 생각해보면 내가 나를 충분히 사랑한 덕분에
아내를 제대로 사랑할 수 있는 게 아닐까? 나는 항상 나에
대한 사랑이 부족한 사람이었는데 어느새 나에 대한 사랑이
넘치는 사람이 된 것 같다. 이 또한 그동안 아내가 나에게 준
사랑 덕분이다.

반복 빌런

아내의 통화

말로 작동하는 셔터

어느 주말 오후. 따스한 햇살이 쏟아지는 거실에서
아내와 나는 고양이 세 마리와 함께 널브러져 있었다.
평온한 나른함에 취해 나도 모르게 말했다.

"지금 너무 좋다."

아내도 말했다.

"응, 지금 너무 좋다."

지금에 대해 말을 하면 지금이 선명해지는가 보다.
"지금 너무 좋다"라고 말한 그때의 지금이 아직도
사진처럼 선명한 이미지로 머릿속에 남아 있다. "지금 너무
좋다"라든지 "지금 너무 행복하다"라는 셔터로 앞으로도
머릿속에 많은 사진을 찍어두어야겠다.

우리는 자꾸 계속 놓치고
놓친 지점들은 쌓여 우리가 된다.
우리가 우리를 계속 놓치는 지점이지만
너와 함께라서 모든 것이 괜찮다.

그림으로 남겨둔다는 것

SNS에 올린 우리 부부의 일상 만화에 달린 어떤 댓글을 한참 바라봤다.

항상 사이가 좋고 행복해 보이는데 그 비결이 뭔지를 묻는 내용이었다. 나는 답글을 남겼다. 좋을 때도 있고 안 좋을 때도 있는데 되도록 좋은 기억만 그림으로 남겨서 전체적인 기억을 좋은 쪽으로 왜곡하는 거라고. 대부분 있었던 일을 그대로 만화로 구성해서 그리긴 하지만 종종 어떤 그림은 만화적으로 과장되어 있기도 하고 어떤 그림은 실제 행동에서 영감을 받아서 만화적 상황으로 구성할 때도 있다. 어쨌든 모두 아내와 함께 지내며 보고 듣고 느끼고 생각한 것들이다. 기왕이면 즐겁고 행복한 기억을 더 재미있는 방식으로 되새기고 싶고, 그렇게 할 수 있어서 다행이라고 생각한다. 이럴 때마다 만화가가 되길 잘했다는 생각이 든다.